AF440235

Señor Stefanu

SEÑOR STEFANU

Incluso los vampiros necesitan rehabilitación

Josué D. Hernández Escamilla

Primera edición: diciembre del 2021

ISBN: 9798782096281

Para Igranie.

Índice

Ojos verdes

Cuando me mudé a la casa de la calle Francia, intenté hacer todo lo posible por volverla un lugar acogedor. Logré traer casi todas las pinturas, alfombras y adornos de Bradov. Por supuesto, no hubo espacio para colgar y poner todo, así que la mayoría de las cosas se quedaron en el sótano. Sin embargo, no pude evitar poner sobre la chimenea el gran cuadro que mi abuelo mandó a hacer en 1768 y que retrataba delicadamente todos los detalles de nuestro viejo castillo. Debajo de él estaba la única fotografía que me quedaba de Esmeralda, la misma que ella me había regalado antes de partir en aquél fatídico viaje. Aunque el blanco y negro opacaba la claridad de sus ojos, con tan sólo ver la imagen el recuerdo de su mirada verde y límpida volvía claro y brillante a mi memoria. Jamás vi una mirada igual.
Pasé las primeras semanas encerrado en casa. Cuando

me atreví por fin a tomar un paseo por el parque, me vi en la temeraria necesidad de conocer a mis nuevos vecinos, personas por demás amables y educadas, sin embargo, demasiado parlanchinas para mi gusto y ocupadas en asuntos que me parecían francamente triviales. Un par de ellos me invitó a cenar a su casa, y, lógicamente, tuve que rechazar sus invitaciones con toda cortesía, alegando que ciertos compromisos inexistentes me impedían acceder a su invitación. Aunque el proceso de desintoxicación había terminado hacía poco más de seis meses, el deseo maligno volvía de vez en cuando, y en ocasiones de forma intensa. Había noches en las que simplemente no podía conciliar el sueño; sintiendo la resequedad en mi garganta que me exigía aunque fuera una gota roja que aplacara su acuciante sed. Iba a la cocina y bebía leche, jugo o vino en grandes cantidades hasta que me quedaba dormido o vomitaba la cena. Intentaba distraerme dando largos paseos por el parque, yendo al campo de béisbol a ver a los chicos del barrio jugar, o visitando a pie los lugares destacados de la ciudad. Intenté con todas mis fuerzas reprimir el deseo de volver a mi antiguo y maldito vicio, pero en mi mente el recuerdo del sabor férrico despertaba mis sentidos y me impulsaba a levantarme y buscar una fuente que saciara mi sed. Cuando ya no pude más llamé al centro en Bucarest en el cual había logrado superar la adicción tras casi un año de tratamiento. El doctor del centro me aconsejó tomar ciertos analgésicos y calmantes que me ayudarían a inhibir el deseo, e inmediatamente fui esa noche a la farmacia para comprarlos. La noche era cálida y sin luna. La calle de la farmacia estaba solitaria, y dentro el aspecto era sombrío. Detrás del mostrador no había nadie. Llamé, y de una puerta lateral salió una joven delgada, de cabello castaño rizado y delicados ademanes. Su cuello era delgado y largo, en perfecta armonía y proporción con sus hombros y el resto de su cuerpo. Sus ojos verdes e inocentes brillaban hermosamente, como dos esmeraldas pulidas.

—Buenas noches, ¿en qué puedo servirte?

Esa voz, esos ojos, esa manera de caminar. Por un momento retrocedí ochenta años en el tiempo y vi a la chica de mi vida hablándome otra vez.

—Disculpa, ¿te puedo ayudar en algo?

Su voz se oía lejana, como en un sueño, pero su mirada estaba tan cerca que podía escudriñar cada detalle de su iris.

—¿Te encuentras bien?

—Sí, disculpa... Tuve un *déjà vu.*

—Espero que uno agradable.

—Así fue — contesté con una sonrisa—.

Después de que me proporcionara los fármacos que necesitaba me alejé de allí profundamente consternado, y a la vez emocionado. Sentía el corazón palpitar con gran fuerza, y mis manos sudaban. El recuerdo de aquellos ojos brillantes, y de pronto la imagen de aquél cuello delgado y suave me perseguían. No pude dormir esa noche. Fui a la sala, y miré fijamente el retrato de Esmeralda. Sí, era ella. Era la misma que me había atendido en la farmacia. Pero, ¿cómo podía ser posible? Ella había muerto hacía décadas. Comencé a recordar aquella tarde en la plaza del pueblo, a dónde bajé para comprar víveres, pues nuestra cocinera había renunciado, y no había nadie más que lo hiciera. Esmeralda caminaba grácil y despreocupada por la acera contraria, con un vestido marrón claro y un sombrero con un lazo blanco. Iba feliz, saludando a todo el mundo, y me dedicó una sonrisa tímida. Días después bajé otra vez al pueblo, y me detuve en el mismo lugar de la plaza esperando verla. Hice lo mismo varias veces, consiguiendo verla siempre casi a la misma hora. Después papá y mamá se extrañaron de mi insistencia por ir al pueblo de forma tan recurrente y pronto descubrieron el motivo. La señorita Esmeralda Albescu era profesora en la escuela del pueblo, provenía de una familia de modestos recursos, pero destacada por su participación en la cultura a nivel local. Su padre era el director de la escuela, y también miembro del consejo del pueblo.

—¿Has perdido la cabeza? — me espetó papá una noche mientras cenábamos. Sabes muy bien que no podemos tener ningún tipo de relación con… con ese tipo de personas.

—No son un tipo de personas, padre. Son la mayoría de personas que existen.

—Sabes a lo que me refiero.

—¿Crees que podrías ocultarle tu origen? —dijo mamá, cortando con fuerza un pedazo de carne.

—No, no podría.

—¿Y qué le dirás? —preguntó papá. "Señorita Esmeralda, por cierto, pertenezco al antiguo linaje Stefanu, todos en mi familia tenemos colmillos largos y nos gusta beber sangre, ¿tu familia qué rarezas tiene?"

Me quedé callado.

—Creo que olvidan que tengo pocas opciones para elegir. ¿Cuántas familias como la nuestra quedan en el mundo?

—No muchas, ciertamente —dijo papá. Por eso irás a Nueva York el próximo año. Los Meyer no han dejado de insistir en que vayas.

—¿Qué? Ustedes dijeron que no sería necesario que fuera.

—Ahora lo es, dado tu reciente comportamiento.

—¿Comportamiento? ¡Ni siquiera le he hablado!

—Modera tu tono. No lo has hecho, y no lo harás. Entre más rápido vayas a Nueva York, mejor.

Esperé dos semanas a que se olvidara el asunto, y me escabullí al pueblo otra vez. Encontré a Esmeralda en el mismo lugar, y esta vez me atreví a saludarla. La acompañé camino a la escuela. Acordamos vernos un día para tomar café en algún lugar. Allí comenzó todo. Logré convencer a mis papás de que yo podía comprar los víveres siempre que fuera necesario, a pesar de que la nueva cocinera podía hacerlo. Ellos sabían por qué lo hacía, y desde entonces todo se volvió reprensiones e interrogatorios extenuantes. Sabían que no podían impedirme verla, así que esperaban que llegara el año nuevo con ansia, pues así tendría que irme lejos, y tal vez, olvidarla. Pero no fui a ninguna parte. Papá enfermó después de la cosecha y estuvo en cama hasta diciembre; los doctores no se ponían de acuerdo sobre la naturaleza exacta de su enfermedad. Murió en la víspera del año nuevo. Desde entonces yo quedé a cargo de la finca y las propiedades de la familia, y, por supuesto, del legado mileniario de nuestro linaje. La pintura enorme del castillo de Bradov que colgaba sobre la chimenea me recordaba todo aquello; la nostalgia por el viejo hogar se avivó otra vez y tuve que ir a la cocina a servirme un trago. Durante las siguientes semanas la sed maldita apareció de nuevo. A pesar de todas las distracciones, de comenzar una dieta estrictamente vegetariana y de intoxicarme con calmantes, no logré hacer que desapareciera. Volvía cada semana a la farmacia para comprar más pastillas. O, al menos, eso es lo que creí al principio. De pronto me encontré yendo cuando aún tenía cajas enteras de analgésicos sin abrir en casa. Entonces me di cuenta de que no iba sólo por eso. Una noche salí al patio trasero. Caminaba de aquí para allá, inquieto y desesperado. Hacía frío, pero mis manos sudaban. Fui al baño a buscar pastillas, y de pronto en el espejo noté algo extraño. El largo de mis caninos parecía haber aumentado. El filo de los mismos era más agudo. Cuando fui operado en Bucarest, los odontólogos me aseguraron que no había ningún motivo por el cual pudieran volver a crecer. Pero se equivocaron. Escuché un ruido en el patio; salí rápidamente, y encontré tras los arbustos a un gatito negro maullando débilmente. Cojeaba de una patita trasera. Con mucho cuidado lo levanté, y vi como una gran espina se había encajado en ella. Con la mayor delicadeza, la retiré y lo llevé adentro para vendarlo. Lo puse sobre la mesa de la sala, y contuve la hemorragia con gasas. Mis manos estaban llenas de sangre. El olor avivó en mí un viejo instinto. Inmediatamente corrí hacia la cocina para lavarme. Abrí la llave del fregadero, y justo cuando estaba a punto poner mis manos bajo el chorro de agua fría, me llevé la muñeca derecha a la boca y la lamí. El sabor férrico... la tibieza de la sangre… Un escalofrío reconfortante recorrió todo mi cuerpo. Lamí toda la sangre de mis manos con frenesí y volví a la sala por más, pero el gato ya no estaba. Había dejado un rastro rojo hasta la puerta principal; el timbre sonaba constantemente. Abrí, y muy sorprendido vi a la vecina de al lado, doña Lucy.

—¡Oh, aquí estás Carboncito! — dijo. ¡Te he estado buscando como loca!

—¿Carboncito? Yo… eh… lo encontré en el patio, se encajó una espina en la patita.

—Oh, ¿te lastimaste tu patita, bonito? Tu mami te curará. Muchas gracias, Miguelito. Que tengas buenas noches, y disculpa la molestia.

—No es ninguna — contesté.

—Tienes algo en la boca —dijo la señora.

Me limpié los labios y vi una mancha de sangre en mi mano.

—¡Salsa! —dije sonriendo, y cerré la puerta.

Mi corazón estallaba, y mis manos temblaban sin control. El rastro de sangre del pobre Carboncito emanaba un olor irresistible que llenaba toda la casa. Me arrodillé sobre el suelo, y estaba a punto de empezar a lamer, cuando me di cuenta de lo que hacía. Me puse de pie, corrí a traer agua y un trapeador para limpiar todo aquello. Luego tomé mi chaqueta y salí en dirección hacia la farmacia. Me encontraba a una cuadra de llegar cuando vi que la señorita ya estaba cerrando. De pronto una motocicleta se detuvo frente a ella; era un joven alto con una chaqueta negra de cuero; bajó de la moto y comenzaron a hablar. Me detuve; obviamente ya era tarde para comprar más calmantes, mucho más para entablar una conversación con la joven. Comenzaron a discutir; ella se veía molesta. Él intentó besarla y la tomó del brazo para llevarla consigo, pero la joven se resistió. El insistió con más fuerza y forcejearon. Me acerqué y pregunté qué sucedía.

—Nada que te interese, imbécil —dijo él.

Ella me miró sorprendida, y no dijo palabra. Se zafó del brazo del muchacho y dijo:

—Nada. Yo ya me iba.

El la sujetó por detrás y la obligó a subir a la moto.

—Suéltala —dije, y saqué el revólver de mi chaqueta y lo apunté a su cara. El me miró bastante sorprendido y luego dijo:

—Cálmate. No es para tanto.

—Suéltala o necesitarás una ambulancia — contesté.

Soltó a la joven, a la que dirigió una mirada de desprecio, se puso el casco y se fue. Cuando se perdió de vista, guardé el arma y me acerqué a ella, que estaba bastante asustada y me disculpé por usar ese método para disuadirlo; ella solo me dio las gracias y dijo que tenía que irse. Le ofrecí acompañarla a su casa, y dijo que no era necesario. Insistí y agregué que el hombre de la moto podría volver y que era preferible que la encontrara junto a un imbécil con un arma que sola en medio de la noche. Sonrió y accedió a que fuera con ella. Su casa estaba a unas cuadras de la farmacia; por el camino me contó que el joven era un ex compañero de la escuela que la pretendía desde hacia tiempo, pero ella no tenía ningún interés en él. La molestaba mucho, y constantemente tenía miedo de encontrárselo. Le aconsejé conseguir un arma y llevarla siempre consigo. Me dijo que lo consideraría. Cuando llegamos a su casa, me dio las gracias y dijo:

—¿Cuál es tu nombre?

Sin pensarlo, y con toda naturalidad, le dije mi nombre real:

—Mihail Stefanu. ¿Cómo te llamas tú?

—Sara. Tu apellido es extranjero, ¿verdad?

—Mis abuelos emigraron del este de Europa.

—Buenas noches, señor Stefanu.

—Igualmente tú, Sara.

Me alejé de allí lentamente. Mientras miraba el cielo estrellado me di cuenta de que me encontraba inexplicablemente tranquilo. Al llegar a casa no reparé en el desorden que había dejado sobre la mesita de la sala al querer vendar al gato de los vecinos, ni en que el grifo de la cocina se había quedado abierto; sólo me fui a dormir tranquilamente y descansé como no lo había hecho en mucho tiempo. Pasaron los días, y comencé a notar que el deseo de sangre desaparecía poco a poco. Cada vez pensaba menos en ello. Seguía yendo a la farmacia sólo para ver a Sara y platicar con ella, aunque fuera por unos minutos. En casa se acumulaban las cajas de calmantes. Una tarde el doctor del centro de rehabilitación en Bucarest me llamó para ver cómo seguía; y le conté que las cosas habían mejorado un poco. Me recomendó inscribirme a un grupo de autoayuda o algo parecido, propuesta que me pareció absurda al principio, pero después pensé que podría serme útil, ya que prácticamente no tenía ningún amigo, y sólo hablaba de vez en cuando con los vecinos y con Sara. Me inscribí a un grupo de autoayuda para alcohólicos. La primera sesión fue un tanto incómoda y un tanto aburrida; tuve que escuchar a diez personas contar su testimonio personal de cómo es que habían dejado o estaban dejando la bebida y luego tuve que inventar mi propia historia. Confieso que algunos detalles que agregué fueron muy dramáticos. Conocí a Jorge, un hombre como de cincuenta años, divorciado y aficionado al automovilismo. Margarita era viuda, maestra jubilada y le gustaba organizar fiestas, obviamente sin alcohol, en su casa. Poco a poco me fui adaptando al grupo y cada vez ansiaba más ir a las reuniones. Pero entonces pasó algo que cambió todo. Hubo un convivio por el cumpleaños del moderador del grupo, Raúl. A la hora de partir el pastel, Margarita le ayudó a hacerlo, pero en el momento de quitarle el cuchillo, se hizo un pequeño corte en un dedo. Unas minúsculas gotitas de sangre se quedaron en el cuchillo. Muy discretamente, Margarita las limpió con su mano y continuó partiendo el pastel. Nadie más se dio cuenta de que, al terminar, corrió a la cocina, y detrás de ella Jorge. Los seguí discretamente, y vi desde la puerta como ella lamía y relamía su mano, mientras Jorge intentaba calmarla.

—¿Está todo bien? —pregunté.

Ambos se quedaron paralizados. Con voz trémula, Jorge contestó:

—Sí, todo bien. Margarita se sintió un poco mareada.

—¿Puedo ayudar en algo?

—No. Estará bien; ve a divertirte.

Margarita temblaba. Por la noche, cuando ya estaba a punto de ir a acostarme, alguien tocó a mi puerta. Era Jorge. Se disculpó por la hora y me pidió unos minutos para hablar. Se veía un tanto nervioso. Ya en la sala me preguntó si tenía algo de beber. Me quedé en silencio unos momentos. Luego dije con una sonrisa:

—Es broma, ¿verdad?

—¡Claro! —exclamó con una carcajada falsa—. Por supuesto, ya sabes cómo soy. En realidad estoy aquí porque me gustaría hablarte sobre Margarita. Ella… ella tiene una enfermedad. Es una manía más bien. Ella….

—Traeré algo de beber.

Fui a la cocina y traje un poco de vino para los dos. Él lo bebió como si nada y siguió intentando explicarme que Margarita sufría de trastorno obsesivo compulsivo, o algo parecido.

—La vi lamer la sangre — le dije. No conozco mucho de ese trastorno, pero, ¿qué tiene que ver la sangre?

Él se quedó profundamente callado. Luego dije:

—Jorge, no soy alcohólico, ni tú tampoco. Y dudo que Margarita también lo sea. ¿Qué sucede?

—Es difícil de explicar.

—No para mí. Lo entiendo.

Vi una sonrisa dibujarse en su rostro. Se puso de pie, y sacó una tarjeta blanca con una dirección.

—El jueves allí, a las 11. No lleves a nadie.

El jueves por la tarde fui a la farmacia. Esperaba encontrar a Sara y conversar un poco para calmarme, pero no estaba allí. En su lugar atendía una mujer mayor; no me atreví a preguntarle por Sara. Di un paseo por el parque intentando tranquilizarme. Sentí en mi garganta otra vez la sed maldita, cada vez más fuerte, mientras me preguntaba incesantemente a qué clase de reunión iba a ir en unas horas. La dirección que me dio Jorge era una antigua casa en el centro. Era sombría por fuera, y aún más por dentro. Jorge me recibió con una sonrisa. Me explicó que los demás llegarían en una media hora, y que tenía que explicarme algunas cosas antes.

—La verdad es que he estado investigándote un poco, Miguel; tú sabes, hoy en día se puede saber todo lo que uno quiera sobre alguien con tan sólo unos clics. Sé que tu apellido real no es Ramírez, y que no eres mexicano.

—¿A dónde quieres llegar, Jorge?

—A que seamos completamente sinceros, Mihail. Un par de llamadas al centro *Viata noua* de Bucarest han bastado para confirmar que nunca fuiste alcohólico, pero sí que te recuperaste de una adicción aún más oscura.

—No sé de qué hablas.

—No finjamos, Mihail. Sabes por qué viniste aquí. Sabes por qué Margarita se volvió loca al ver la sangre en el cuchillo. Sabes por qué estuviste internado en el centro *Viata noua*. Sabes lo que eres, y dentro de poco sabrás que no eres el único por aquí con esos gustos.

En ese momento llegaron un par de personas, y Jorge les dio la bienvenida. Poco a poco fueron llegando más invitados, hasta que el número se completó. Éramos en total trece personas. Yo sólo conocía a Jorge y a Margarita. En cierto momento, se nos pidió a todos bajar al sótano. Sólo un foco en medio iluminaba el húmedo lugar, pendiendo sobre una antigua mesa labrada. Entonces la puerta se cerró. Todos formaron un círculo en torno a la mesa. Le pregunté a Margarita qué era todo aquello.

—Cenaremos — contestó ella, y sonrió, mostrando el tamaño anormal de sus agudos colmillos.

Un par de jóvenes colocó trece copas en un lado de la mesa y de pronto escuché un gemido ahogado y doloroso proveniente de un rincón del sótano. Alguien apagó la luz y encendieron un par de velas sobre la mesa. Me limpié el sudor de las manos en el pantalón e intenté salir de ahí silenciosamente; ¿en qué rayos me había metido? Entonces los jóvenes pusieron sobre la mesa un bulto negro que se movía lentamente y emitía quejidos dolorosos. Retiraron la tela que lo cubría y descubrieron el cuerpo de una mujer joven, vestida con un suéter verde oliva y una falda gris. Sus ojos estaban vendados, y parecía despertar de un sueño inducido. Un hombre muy anciano de larga barba se acercó a ella con un gran cuchillo en la mano y retiró la venda de sus ojos. A la luz de las tenues velas pude ver los ojos verdes de Sara. Un escalofrío recorrió todo mi cuerpo. El anciano levantó el cuchillo en alto y dijo:

—Por nuestra salud y vida.

Y todos contestaron con las mismas palabras. A continuación él hundió el cuchillo en el cuello de Sara; la sangre tibia fluyó inmediatamente y todos se acercaron para tomarla en sus copas. El olor de la sangre llenó el lugar, y en mi mente comenzaron a dispararse recuerdos antiguos, sensaciones arrebatadas y el deseo impulsivo de acercarme a beber un poco. Tomé una copa y cuando me acerqué para llenarla en la fuente que brotaba del cuello de Sara, ella me miró. Sus ojos de esmeralda me atravesaron y me quedé inmóvil. A mi mente regresó aquella imagen, aquél momento en que la vi por última vez. Estábamos en la estación de trenes. Ella estaba por abordar el que la llevaría a Bucarest y de allí iría hasta París para luego ir a Inglaterra. Sus padres la seguirían en breve. El deseo de ellos era emigrar hacia América, pero ella regresaría después para formalizar lo nuestro. Tomé su mano y le deseé buena suerte.

—Te esperaré aquí — le dije. No me iré a ningún lado.

—Volveré — contestó ella con una amplia sonrisa.

No pude resistirme más y le arranqué un beso, junto con un pedazo de piel de su labio. Inmediatamente brotó una pequeña fuente de sangre en él y muy apenado le ofrecí un pañuelo para limpiarse. Me puse muy nervioso; mis manos temblaban. Ella tomó mi mano derecha y se limpió la sangre delicadamente. Luego lo puso en mi mano y dijo:

—Lo sé. Lo sé todo. No debes preocuparte. Conserva esto hasta que vuelva.

Ella jamás volvió. El 10 de abril ella y sus padres zarparon de Southampton en el RMS Titanic rumbo a Nueva York, pero jamás llegaron a su destino. Cuando llegó la noticia, entré en un estado de frenesí; salí al campo y le disparé a las aves, al ganado y finalmente, intenté dispararme a mí mismo. Los criados me alcanzaron y consiguieron impedirlo; estuve en reclusión durante poco más de un año. Lo único que conservé de ella fue su retrato y el pañuelo con la sangre de sus labios que me dio antes de irse. Mientras veía sus ojos verdes y puros a través de los de Sara, un poco del líquido tibio mojó mi mano y reaccioné..

—¿Estás bien, Mihail? — me preguntó Jorge.

Entonces saqué el revólver y disparé al techo. Todos se lanzaron al piso, mientras yo apuntaba a Jorge y amenazaba con dispararle si se interponían. Como pude, me eché al hombro el frágil cuerpo de Sara y salí de aquél lugar inmediatamente. La subí a mi auto y le amarré un pedazo de tela de mi camisa al cuello, intentando que dejara de perder sangre. Pensé en ir inmediatamente al hospital, pero ¿cómo les explicaría la condición en que se encontraba ella? Conduje como loco hasta su casa, su sangre empapaba todo el asiento trasero. Me paré frente a la puerta de la casa; las luces estaban apagadas. Afuera, el joven de la moto tocaba el timbre insistentemente. Con mucho cuidado bajé a Sara del auto y la acosté al lado de la motocicleta. Le quité la tela del cuello y su sangre volvió a brotar. Puse la mano en la herida para contenerla, pero sabía que no podía quedarme ahí más tiempo. Me alejé en silencio rezando porque pronto se percataran de que estaba allí. Entonces una mujer abrió la puerta y le pidió al joven que se fuera. Discutieron unos momentos, y de pronto la mujer soltó un grito de angustia al ver el cuerpo inerte de su hija. El joven de la motocicleta estaba impactado, la madre comenzó a imprecarlo y a pedir auxilio. Inmediatamente salieron más personas de la casa y llevaron a Sara rápidamente al hospital. Observé todo detrás de mi auto, ocultándome entre las sombras. Cuando todos se fueron, me acerqué a la puerta del barandal, que dejaron abierta, y cuando la cerraba, una figura surgió detrás de la puerta principal.

—¿Quién es? ¿Papá?

—No —contesté. Soy un vecino, tan sólo cerraba la puerta.

—¿Dónde están todos?

—Fueron al hospital. Sara, es decir, la señorita Sara, está un poco enferma.

—¿Sara? ¿Marcos le hizo algo?

—Oh, no, nada de eso. Pero ella estará bien. Ahora deberías ir a dormir.

—Espera, ¿puedes quedarte aquí? Estoy solo.

—Lo siento, soy un desconocido; a tus papás no les gustará.

—Por favor.

—Me quedaré aquí afuera hasta que vuelvan, ¿te parece bien?

—Sí.

Me senté sobre la banqueta y el niño vino y se sentó junto a mí.

—¿Cómo te llamas? —le pregunté.

—Dylan. Sara es mi hermana. Creí que Marcos le había hecho algo; él siempre la molesta y le pide que sean novios, pero ella no lo soporta. El otro día le contó a mi mamá que él intentó obligarla a ir a una fiesta, pero un hombre misterioso que siempre va a la farmacia la defendió. Él tenía una pistola y le dijo a Marcos que la dejara en paz. Ella dice que el hombre misterioso siempre va a comprar medicina a la farmacia, y que seguramente es un adicto.

No pude evitar reírme.

—¿En verdad piensa eso?

—Sí, pero es un adicto muy amable. ¿Cómo te llamas tú?

—Yo me llamo Miguel. Vivo a unas cuadras hacia allá.

—¿Por qué estabas aquí a esta hora? ¿Fuiste a ver a tu novia?

—Yo… eh…

—Mis papás dicen que yo no puedo tener novia hasta que me aprenda todas las tablas de multiplicar, por eso las estudio todos los días. ¿Tu novia es bonita?

—Eh… sí, mucho. ¿Qué edad tienes?

—Seis años, cumpliré siete en un mes. ¿Te gusta la música?

—Yo, creo que sí

—Yo sé tocar el piano, bueno, estoy tomando clases. Sara sabe tocar muy bien, y yo quiero tocar como ella, ¿conoces a Bach?

—Sí, creo que sí.

—Yo quiero tocar toda la música de Bach; es la mejor.

En ese momento el auto de los padres de Sara se estacionó frente a nosotros y un hombre como de cincuenta años, regordete y medio calvo bajó.

—¿Qué haces aquí, Dylan? ¿Quién es usted?

—Yo, señor… —dije trémulamente.

—El es Miguel, es un vecino que pasaba por aquí porque viene de ver a su novia y cerró la puerta porque la dejaron abierta y le dije que Sara es mi hermana y yo quiero tocar el piano igual de bien como ella…

—Entra, Dylan.

—Yo quiero seguir hablando con Miguel.

—Entra ahora.

El niño se despidió y entró a la casa. El hombre me dijo:

—Gracias, joven. Puede irse ahora.

—No hay de qué, señor. Que tenga buenas noches.

Subí al auto y volví a casa.

Pasaron los días, y sólo pude seguir lo que pasaba con Sara por medio del noticiero. Dijeron que Marcos, el acosador de la motocicleta, la había secuestrado y había intentado matarla, o al menos, esa era la acusación de la familia. Sara logró sobrevivir, y se recuperaba lentamente en el hospital. Pidieron donadores de sangre dos veces, y fui el primero en ir a donar. Cuando ella pudo hablar, pidió que se retiraran los cargos contra Marcos, que ya se encontraba en prisión preventiva. Su familia no daba crédito a su petición y la prensa no paraba de repetirlo. Aparte del testimonio de la madre no se encontraron más pruebas, por lo que el joven fue liberado. La ansiedad de la soledad y la desesperación de no poder ver a Sara crecían día con día. Intenté despejar mi mente con pasatiempos y comencé a echar mano de mi reserva acumulada de calmantes.

El doctor del centro *Viata noua* me llamaba constantemente, pero yo ignoraba todas sus llamadas. Quise armarme de valor varias veces para ir a la casa de Sara y preguntar cómo estaba, pero no tenía ningún motivo para justificarlo. ¿Quién era yo, después de todo? Una tarde decidí salir a dar un paseo por la colonia. Pasé frente a su casa. En ese momento el auto de sus padres llegaba; la ayudaron a bajar con cuidado y entraron en la casa. El resto de su familia la recibió con abrazos y saludos afectuosos. Cuando todos entraban, el pequeño Dylan me reconoció y me saludó. Devolví el saludo y me alejé de allí. Volví a casa con una sonrisa todo el camino; me sentía tranquilo, liberado y sobre todo emocionado de haber visto a Sara de nuevo. Que el pequeño Dylan me reconociera me dio un poco de esperanza y la sensación cálida de que alguna manera también yo era parte de su alegría y de que podía compartirla, aunque fuera en silencio. Anochecía cuando llegué a casa. Noté una caja de cartón frente a la puerta. Estaba sellada con cinta adhesiva y no tenía etiquetas. Entré y la puse en la mesita de la sala. Rompí la cinta cuidadosamente con un cúter, y descubrí dentro una botella de vino envuelta en plástico de burbujas. Sólo estaba llena hasta poco menos de la mitad. Bajo el plástico de burbujas había una nota escrita a mano, la tinta todavía fresca: "Cosecha '79". Pura juventud rumana. Una ofrenda de paz para un amigo que necesita una recaída". Observé la botella entre mis manos; era la sangre de Sara la que ondulaba espesamente dentro. Salí al patio frontal. En la acera contraria estaba estacionado un coche negro con vidrios polarizados. Apenas salí, apagaron la luz interior. Alcé la botella en señal de desafío y vertí todo su contenido sobre el césped. Cuando se quedó vacía la lancé al suelo, haciéndose añicos. Hecho esto el auto arrancó a toda prisa y se perdió entre las sombras de la noche. Yo volví adentro, apagué todas las luces y me fui a dormir

plácidamente.

Variaciones Goldberg

Era un domingo por la mañana. Caminaba hacia la cocina cuando unas voces afuera me llamaron la atención. Entreabrí la puerta principal y vi en la puerta de la cerca a mi vecina, la señora Lucy, hablando con Sara. Dylan estaba con ella, dando vueltas con las manos extendidas y cantando una canción infantil. Sara tenía un vestido marrón claro, y una bolsa del mismo color. Alcancé a escuchar a la señora Lucy decir que en esa calle no vivía ningún señor Stefanu; en ese momento salí y me dirigí a ellas. Sara me miró sorprendida y sonrió.

—Lo he encontrado — le dijo a la señora Lucy.

—¿Stefanu? —preguntó ella.

—Es mi segundo apellido —le dije a la señora.

—¡Miguel! — dijo Dylan al verme.

Abrí la puerta y los invité a entrar.

—Tan sólo quería agradecerle —dijo Sara. Por lo de la otra noche.

En mi mente se reprodujeron dos imágenes consecutivas; la noche en que le apunté con el revólver a Marcos y en la que estuve a punto de beber la sangre de ella.

—Oh… no es nada —dije, después de un largo silencio. Era lo que debía hacerse.

—Sin embargo, nunca pude agradecerle.

—Por favor, no me hables de usted, tenemos casi la misma edad.

—Sara tiene 19 y yo 7 desde el martes —dijo Dylan lo suficientemente fuerte para que la señora Lucy se riera.

—Gracias, señora —dije, refiriéndome a ella, que se retiró con una sonrisa.

Después de la breve incomodidad, invité a Sara a entrar y tomar un café. Ella se negó, pero Dylan insistió jalándola por el vestido, así que los dos entraron.

—¡Tienes un piano! —dijo Dylan al ver el antiguo Steinway de papá que mandé traer de Bradov. Sin pensarlo dos veces levantó la tapa y se sentó en el banquillo. Fui a preparar el café mientras esperaban en la sala.

—Mira lo que tocaré —dijo él—. Es Bach.

Una alarma se encendió en mi cabeza. Bach está prohibido. Desde siempre. En casa nadie jamás se atrevió a mencionar su nombre, mucho menos a tocar una pieza suya. La razón era muy simple; su música era un arma, una muy sutil e inteligente, diseñada con precisión matemática para atacar a los de nuestra raza. Papá siempre decía que Bach era un cazador, pero no uno de los que atacaban nuestros castillos y después quemaban en la estaca a familias enteras, sino uno que por medio de su música lograba infligir tremendo sufrimiento psíquico y corporal a las personas como nosotros. En la complejidad de sus notas se escondían fórmulas antiguas y palabras secretas que lograban hacer aullar de dolor y desesperación a hombres fuertes. Cuando estuve en *Vita noua*, la prueba final que se aplicaba a los pacientes que habían logrado recuperarse totalmente consistía en hacerlos escuchar música de Bach por media hora. Si al hacerlo no mostraban ningún tipo de malestar físico o emocional se les daba de alta inmediatamente. Sin embargo, había ocasiones en las que la persona no había logrado dejar la adicción y cuando llegaba a la prueba final, entraba en un estado de desesperación y tormento insufrible. Vi a una mujer intentar arrancarse la piel y gritar como un animal suplicando que pararan la música. Los doctores se dieron cuenta inmediatamente de que había tenido una recaída recientemente. Poco antes de que yo saliera del centro, las pruebas finales dejaron de realizarse, de modo que no tuve que pasar por ello. En realidad, jamás había escuchado a Bach en mi vida. Unas notas tímidas y delicadas se escucharon desde el piano. Era una melodía lenta y clara. No pude evitar cierta sensación de incomodidad al principio, pero después fue reemplazada por una agradable tranquilidad.

—Son las Variaciones Goldberg —dijo Dylan. Es el tono de mi celular.

—¿Tienes un teléfono celular? ¿Eres lo suficientemente grande para eso?

—Es uno muy viejo; papá me lo dio sólo para llamarme.

De pronto la melodía se veía interrumpida por pequeños errores y notas falsas. Cuando traje el café, la música era perfecta y continua; Sara se había sentado al piano y completaba la interpretación de su hermano.

Fascinado por la delicadeza con la que deslizaba sus largos dedos sobre el teclado, me quedé inmóvil unos instantes con las tazas de café humeante en mis manos. Luego ella se detuvo y se percató de que la miraba. Habríamos permanecido así, viéndonos a los ojos para siempre, si no fuera por los torpes acordes que Dylan golpeó en el teclado. Mientras bebíamos el café, aproveché para preguntar cómo habían dado con mi casa.

—Bueno, en realidad... —dijo Sara

—Papá nos dijo —agregó Dylan.

—¿Él sabe dónde vivo?

—No, pero te siguió hasta esta calle el día que se llevaron a Sara al hospital. Dijo que quería saber quién eras y por qué me habías acompañado a esa hora.

Ella le dirigió una mirada severa y le dio un sorbo al café.

—Vaya —dije riéndome—. Espero que no haya tenido una mala impresión mía.

—Nada de eso —dijo Sara—.

—Pensó que podrías ser un robachicos —repuso Dylan—.

Solté una carcajada y Sara lo reprendió.

—En realidad quería venir aquí para darte las gracias por rescatarme esa noche.

Me miró fijamente a los ojos, como intentando decirme algo más que sus palabras.

—Si no me hubieras ayudado… No sé qué habría sucedido.

—Marcos te habría llevado a la fiesta —dijo Dylan—.

—Sí —contestó ella. No sé cómo llegué a ese lugar, unas horas antes había salido a comprar unas cosas y, alguien me seguía... de alguna forma perdí el conocimiento… Cuando despertaba ya estaba en aquél lugar oscuro, aunque esos recuerdos son poco claros. Sólo sé que estuviste allí en el momento exacto… Gracias.

—Sí, gracias por evitar que Marcos la llevara su fiesta aburrida.

—Debemos irnos, gracias por el café.

—Yo.. —dije—. No debía estar ahí, pero, ahora me siento feliz de que así fuera.

—Sara, ¿puedo venir aquí a tocar el piano?

—Por supuesto que no, no importunaremos a Miguel. Tienes un piano en casa.

—Pero es eléctrico y este es de verdad —repuso Dylan—.

—No hay problema —dije—. Puede venir cuando quiera.

Desde entonces las cosas fueron bastante diferentes. Dylan venía una o dos veces por semana para usar el piano; su papá o Sara lo traían. Permanecía allí poco menos de una hora, pero eso era suficiente para cambiar mi estado de ánimo al instante. Por supuesto esperaba con ansia que fuera Sara la que lo llevara siempre, pero no era posible. Llamé al doctor del centro en Bucarest y le conté cómo había logrado hacer algunos amigos y eso me había ayudado bastante a renovar el ánimo y a olvidar por completo la adicción que por milenios mis antepasados habían padecido. El doctor se encontraba muy sorprendido.

—¿En verdad no ha vuelto a sentir la sed desde entonces?

—Ni siquiera la he recordado, doctor —contesté—. —Debo confesar que estoy francamente sorprendido. Perdone que le pregunte, ¿pero, qué esa música que se escucha?

—Oh, él es Dylan. Estudia piano y viene a ensayar con el mío frecuentemente.

—Interesante. Tal vez me esté volviendo loco, señor Stefanu, ¿pero acaso la música que está tocando es de Bach?

—Así es, doctor. El mismo; el prohibido Bach.

—No doy crédito a lo que escucho. ¿Esa música no le produce ningún malestar; algún dolor o alguna incomodidad por lo menos?

—No, ninguna. Jamás la había escuchado hasta ahora, y considero que es sublime.

El doctor prometió registrar todo en mi expediente y utilizarlo para futuras investigaciones. Por supuesto, no le conté todos los detalles de lo que había sucedido en los últimos meses. No le dije que había participado de un ritual vampírico en el que por poco bebía la sangre de Sara y que terminé salvándola de su muerte segura en manos de esa gente. Cuando me preguntó sobre el grupo de alcohólicos al que asistía, tan sólo dije que ya no consideraba necesario participar en él. Al colgar el teléfono, me di cuenta de que la música se había detenido. Fui al piano, pero Dylan ya no estaba ahí. El banquillo se encontraba volcado sobre el suelo y la puerta principal estaba abierta. Corrí hacia afuera, sólo para ver como Jorge lo subía por la fuerza a su auto y arrancaba a toda prisa. Subí al mío y los seguí a toda velocidad. Se dirigían hacia el centro de la ciudad; seguramente a la casa donde me había llevado antes. Los perseguí por un boulevard, pero él tomó un retorno repentinamente y yo seguí de frente. Volví pasando por encima de la acera central y derribando un señalamiento de tránsito. Intenté sacar el revólver y dispararle a una de las llantas, pero él auto se movía erráticamente. Entonces recibí una llamada; era Sara.

—¿Miguel?

—Sí, soy yo. ¿Qué sucede?

—¿Cómo te encuentras?

—Muy bien, ¿y tú?

Con dificultad alcancé a esquivar a un peatón que se atravesó y dejé la marca de las llantas en el pavimento.

—¿Estás seguro?

—Sí, ¿qué sucede?

—Sólo quería avisarte que iré por Dylan en quince minutos.

—¡No!

—¿Qué? ¿Por qué?

—No, quiero decir, fuimos a comprar un helado; yo lo llevaré a casa, no te preocupes.

—Ya veo, pero no tienes por qué molestarte.

—Quiero hacerlo.

Estaba a punto de colgar, cuando recordé que Dylan llevaba consigo su teléfono celular.

—Sara, ¿Dylan aún tiene a Bach en su tono de teléfono, verdad?

—Sí, ¿por qué?

—Por nada. Te veo luego, adiós.

Colgué y llamé a Dylan inmediatamente. El timbre sonó varias veces y de pronto el auto de Jorge se salió del carril y se estrelló contra un poste de electricidad. Alcancé a frenar antes de golpearlos, bajé rápidamente y abrí la puerta trasera para sacar a Dylan. Él estaba llorando; tenía un golpe en la frente y su celular sonaba con las Variaciones Goldberg, mientras Jorge se retorcía en su asiento y gritaba como un desquiciado. El parabrisas se quebró e incontables cristales se anidaron en su cara. Fluía sangre de su frente y de su nariz; mientras con la poca fuerza que le quedaba hundía las uñas en sus orejas como intentado arrancárselas. Saqué a Dylan y lo metí en mi auto y le dije que no saliera hasta que yo volviera. Me quedé con su teléfono y con cuidado lo acerqué a Jorge. Comenzó a gritar con más fuerza; se mordía los labios e intentaba salir de allí, aunque el volante incrustado en su vientre se lo impedía. Comencé a notar que sus ojos comenzaban a oscurecerse, como si se llenaran de una sustancia negra desconocida. Una especie de escamas aparecía lentamente por todo su cuerpo. Las mordidas que se auto infligía eran cada vez más fuertes; a medida que sus caninos crecían notablemente. Luego observé en su espalda una protuberancia que empujaba desde debajo de su camisa. La tela se rompió y una especie de extremidad oscura y escamosa salió. Di un paso atrás; era un ala. Entonces lo recordé; sólo había visto a una persona con esas características una vez en mi vida. Cuando era pequeño, un hombre nos visitaba en Bradov de vez en cuando. Papá le llamaba el forastero. Creíamos que era un viejo amigo suyo o un pariente lejano, pero en realidad era uno de nosotros.

Aparentemente y durante el día parecía ser una persona normal, pero por las noches una especie de locura se apoderaba de él y comenzaba a gritar y a hacer ruidos extraños en su habitación. Siempre que venía, papá cerraba la puerta de su cuarto con llave. Era un hombre con serios problemas emocionales, y en las noches tenía episodios de ira muy fuertes. Entonces su cuerpo cambiaba; sus caninos crecían a un tamaño exorbitante, sus ojos se volvían completamente oscuros y volaba con un par de alas enormes por su habitación. Jamás nos hizo daño a nosotros, pero su sola presencia en casa era suficiente para quitarme el sueño. Años después murió; al parecer una noche durmió en un hotel de paso y cuando ocurrió su terrible transformación, la gente del lugar lo atrapó y lo quemó vivo. "Todos podríamos volvernos como él", decía papá, "si no controlamos nuestra parte oscura". O si escuchábamos a Bach, supongo. Apagué el celular de

Dylan y la metamorfosis de Jorge se detuvo y comenzó a adquirir su aspecto normal de nuevo. Varias personas se acercaron para ayudarlo. Les dije que lo sacáramos con cuidado y yo lo llevaría inmediatamente al hospital. Otros dos hombres y yo logramos zafar su cuerpo inerte del asiento y lo pusimos en el asiento trasero de mi auto. Salimos de ahí a toda velocidad en dirección a mi casa. Dylan había dejado de llorar, y un poco más calmado me preguntó:

—¿Por qué ese hombre intentó robarme?

No supe qué contestar.

—¿Es un robachicos?

—No, no lo es.

—¿Tú eres un robachicos, Miguel?

—¡No! ¿Cómo puedes pensar eso, Dylan? Yo soy tu amigo. Iremos a mi casa para que recojas tus cosas y luego te llevaré a la tuya, ¿sí?

—¿Qué hay de este hombre? ¿No lo llevarás al hospital?

—Sí, por supuesto. Pero no ahora; sólo está dormido. Dylan, por favor no le digas a nadie de esto, ¿sí?

—¿Por qué no?

—Porque… esto fue una broma. Él es mi amigo, y pensó que sería divertido jugarme una broma, pero pasó esto y pues terminó la broma, ¿me explico?

—No…

—Todo esto era tan sólo un juego, no pasa nada. Te llevaré a tu casa y todo estará bien, ¿de acuerdo?

—De acuerdo.

Al llegar a casa metí a Jorge al sótano, y lo cerré con llave. Le di a Dylan un paquete de papas fritas congeladas para que se lo pusiera en la frente y llamé a Sara para avisarle que nos habíamos retrasado un poco en el helado, pero que pronto llegaríamos a su casa.

—No es necesario —respondió ella—. Yo iré por Dylan.

—¡No! Yo lo llevaré, no te preocupes. De verdad no es necesario que vengas.

—Yo quiero ir. Llego en diez minutos.

Le quité la bolsa de papas fritas a Dylan y observé como la hinchazón del golpe había bajado un poco.

—Tenemos diez minutos hasta que Sara vuelva. Mantén la bolsa en tu frente, y te daré un analgésico para el dolor.

Cuando Sara llegó, Dylan estaba sentado otra vez al piano. Tocaba alguna musiquilla sin sentido; le pedí una vez más que no mencionara nada de lo ocurrido y que tocara cualquier cosa menos Bach.

Sara se veía tan bella, aún más de lo usual. Se había cortado el cabello y sus labios rojos dibujaban una sonrisa perfecta. Le ofrecí algo de tomar y fuimos a la sala.

—¿De qué sabor era tu helado? —le preguntó a Dylan—.

—Vainilla —contestó—.

—Nuez —repuse yo—.

Ambos nos miramos asustados.

—Es decir, era una combinación —agregué—.

—Dylan, ¿por qué hiciste eso? —exclamó Sara—. ¿Estás bien? Sabes que no debes de comer nada con nuez.

—¿Por qué? — pregunté—.

—¡Es alérgico! —dijo ella y se puso de pie para revisarlo—.

—Oh… es que, en realidad, bueno, él no se terminó la parte de nuez. Yo me comí esa parte, él sólo la de vainilla, porque su cuchara se cayó al piso cuando iba a llegar a esa parte, entonces yo me comí lo demás

Ambos me miraron extrañados.

—Pero luego le compré otro helado, de… pistache.

—Dylan, ¿comiste pistache? —le preguntó Sara, incrédula—. Pero tú lo odias.

—Oh, no; ahora me gusta mucho — repuso él, intentando sonar convincente—.

—Hazte a un lado, pequeño monstruo — dijo ella y se sentó al piano, se recogió el cabello, y comenzó a tocar—.

La energía con la que sus dedos pulsaban las teclas y la complejidad de la música que tocaba produjo en todos un efecto hipnótico que nos mantuvo varios minutos en el aire. Dylan no dejaba de mirar sus dedos y yo no podía dejar de ver su rostro mientras tocaba. Habríamos seguido así mucho más tiempo, sino hubiera sido por el sordo rumor de un golpe debajo de nosotros. Al principio sólo yo lo noté. Luego se volvió más fuerte, y después iba acompañado de un gemido doloroso. Tragué saliva y dije:

—Es Bach, ¿verdad?

—Así es —dijo ella, sin dejar de tocar—. El concierto en Re menor.

—Denme un momento, tengo que revisar algo.

Bajé inmediatamente al sótano. Dentro se oían golpes y quejidos. Puse la mano sobre el picaporte y entonces se escuchó un ruido muy fuerte de cristales rompiéndose. Abrí inmediatamente y vi a Jorge huyendo por la ventanilla que daba al patio. Subí corriendo para detenerlo; salí por la puerta de la cocina para que Sara y Dylan no sospecharan nada, y cuando llegué al patio, el hombre estaba de pie, extendiendo sus enormes alas negras e intentando volar torpemente.

—Pagarás por esto— dijo, mientras se lamía la sangre de la boca y ascendía con dificultad por los aires hasta perderse de vista en el crepúsculo—.

—¿Qué pasó? —preguntó Dylan, muy asustado; él y Sara estaban detrás de mí—.

—Oh, nada —contesté con voz débil—. Fue sólo un gato; se metió al sótano e hizo algunos destrozos. No es nada, volvamos adentro

Alegría de los hombres

La preocupación de que Jorge volviera era un peso que aumentaba cada día. Pensaba en ello constantemente, y mi semblante debía reflejarlo, porque incluso la señora Lucy me preguntó si algo me sucedía. Contesté negativamente, y me dijo que si necesitaba algo podría ayudarme.

—Usted no va a la iglesia, ¿verdad?

—No mucho —contesté con una sonrisa—.

—Nunca lo he visto ir. ¿Por qué no me acompaña el domingo?

—Le agradezco, pero no creo que pueda.

—Bueno, pero por lo menos piénselo, ¿sí?

Compré otro revólver y lo oculté detrás de un cuadro en la sala. Instalé una alarma de seguridad y le pedí a Sara que trajeran a Dylan un poco más temprano de lo habitual. Día y noche vigilaba todas las puertas y ventanas, seguro de que en cualquier momento Jorge llegaría para matarme. Una noche la familia de Sara me invitó a cenar. Fue iniciativa del señor Luis, su papá, lo cual me pareció extraño. Llegué a las 9 de la noche en punto. Dylan me abrió con una gran sonrisa y me abrazó y comenzó a gritarle a todos que yo había llegado. Me hicieron pasar a la sala. Cuando nos sentamos no pude evitar notar al instante un retrato muy grande; una fotografía en blanco y negro muy antigua. Me puse de pie y me acerqué para contemplarla; estaba absorto.

Esos ojos claros, esa sonrisa dulce e inconfundible; el cabello…

—¿Quién es ella? —dije con una voz apenas audible—.

—Ella es mi abuela —dijo don Luis—. Se llamaba Esmeralda; Esmeralda Albescu. Era rumana, como tu familia, y emigró a México en los veintes. Tal vez por ello es que tenemos esa conexión tan especial contigo, ¿no crees? También tenemos sangre rumana.

Yo apenas lo escuchaba; mi mente volaba y se enredaba en un mundo de preguntas y recuerdos melancólicos.

—¿Cómo…? —pregunté—. ¿Cómo es que llegó a México? ¿Por qué vino aquí?

—No estoy seguro, creo que ella deseaba iniciar una nueva vida. Ella perdió a sus padres en 1912, en la inundación del Titanic; fue una tragedia que la marcó para siempre.

—¿Ella no murió en el Titanic? Pero…

—No, logró ser rescatada después de que el barco se hundió y llegó a Nueva York sola. Vivió allí un tiempo, y después… bueno, pasaron algunas cosas y ella decidió venir a México. Volver a Rumania era difícil; había perdido a toda su familia; no tenía a nadie en el mundo.

—¿A nadie? —pregunté, sintiendo como un agudo dolor perforaba mi pecho—.

—Conoció a mi abuelo en Nueva York; él era de la Ciudad de México, y le propuso venir aquí y casarse con él.

Bajé la mirada y me senté.

—¡La cena está lista! —dijo la mamá de Sara desde la cocina—.

—Ahora vamos —contestó don Luis. ¿Te sientes bien, Miguel? De repente te has puesto muy pensativo.

—No es nada —respondí—. Tan sólo me he sentido un poco mareado.

Durante la cena conseguí distraerme un poco de las ideas que llenaban mi mente; la señora Karla, la mamá de Sara, me hacía muchas preguntas; qué estudios tenía, en qué trabajaba y qué planes tenía en la vida. Sara la miraba con severidad, como diciéndole que no fuera tan directa. Dylan no paraba de contar cosas sobre sus amigos de la escuela, y el señor Luis de sus pasatiempos: jugar basquetbol, dominó y ver películas de guerra. Sara notaba que yo estaba un poco serio, y de vez en cuando intentaba animarme con una sonrisa. Cuando terminamos de cenar volvimos a la sala y conversamos largo rato. Yo seguía haciendo preguntas sobre Esmeralda; por qué nunca más quiso volver a Rumania y si jamás había mencionado algo sobre un amor de juventud en su pueblo natal. Nadie supo responderme. Cuando ya me iba, Sara me acompañó hasta la puerta que daba a la calle, y conversamos durante breves momentos.

—Creo que le agradas a mis papás.

—¿De verdad lo crees? Espero no haberlos importunado con mis preguntas.

—No, de ninguna manera. Nadie había mostrado tanto interés en nuestra historia familiar, pero es interesante. Me gustaría que vinieras pronto otra vez.

Sonreí, y tomé su mano. Estaba cálida, a pesar de que la noche era fría.

—Por supuesto. Siempre que tú quieras.

—¡Alto ahí! —gritó Dylan en la puerta de la casa, y nos soltamos de las manos inmediatamente—. ¡Alto ahí! No puedes irte sin llevarte esto.

Extendió en sus manos un antiguo cuaderno forrado con piel. Detrás de él apareció el señor Luis. Dylan puso el libro en mis manos y dijo:

—Es el diario de la bisabuela. Ha estado guardado mucho tiempo; tiene miles de años de antigüedad.

—No tantos —dijo el señor Luis—. Pero sí que es antiguo. Puedes llevártelo y echarle una ojeada. Tal vez encuentres algo que sea interesante para ti.

—Pero, ¿de verdad? ¿No estaré profanando un bien tan sagrado de su familia?

—De ninguna manera. Casi eres de la familia.

—¿Cuándo seré tío? —exclamó Dylan con los ojos bien abiertos, y todos nos reímos al instante—.

Al volver a casa tenía sentimientos encontrados. Por un lado, no podía dejar de pensar en el hecho de que Esmeralda me había olvidado cuando cruzó el

Atlántico y que jamás se molestó en saber de mí; ni siquiera fue capaz de escribirme para hacerme saber que lo nuestro no sería. Aquello me partía el alma. Por otro lado, la cena con la familia de Sara había sido sumamente especial; hacía más de 90 años que no compartía una cena en familia. Sentía como si hubiera despertado después de un prolongado letargo y la vida era más real que nunca. Cuando abrí la puerta y encendí la luz, vi la figura encorvada de Jorge mirándome a los ojos.

—Bienvenido —dijo, y al instante alguien me derribó de un golpe—.

Era un hombre muy alto y fuerte, calvo y con unos caninos que se encajaban en sus labios inferiores. Me miraba con profunda rabia, apretando los puños. Había más personas; todos iban de negro y estaban en la sala esperándome. Reconocí a una desmejorada

Margarita entre ellos. Estaba muy delgada y pálida; se sostenía con un bastón y sus ojos estaban hundidos.

—No queríamos hacer esto —dijo Jorge, acercándose para levantarme—.

Me extendió su mano y cuando la tomé me propinó una patada en el estómago.

—Pero no nos dejaste más opciones. Desde el día en que te robaste a la doncella de ojos verdes la Rada no ha dejado de perseguirnos. Vigilan todo lo que hacemos y han capturado a algunos. Jamás volverán; y todo gracias a ti.

Intentando recobrar el aliento, dije:

—¿De qué hablas? ¿Qué Rada?

—No finjas; no estamos para juegos.

Me dio un puñetazo en la cara y luego me escupió. Por un momento sentí que perdía el conocimiento; apagaron la luz y dos hombres me tomaron de los pies y me arrastraron hasta el sótano. Una vez ahí, me pusieron en el medio y todos formaron un círculo alrededor de mí. Extrañamente, escuché el pequeño maullido de un gatito. Encendieron un par de velas y vi a Margarita cortando lentamente el cuello de Carboncito y vertiendo su sangre en una copa en la mano del hombre calvo. Ambos bebieron un poco y luego se la dieron a Jorge. Él se acercó a mí, me tomó del cabello y le dio un par de sorbos a la sangre, seguidos de una expresión de repugnancia.

—No es lo mejor, pero es lo único que hay. Jamás pensé que nos causarías tantos problemas, pequeño Mihail. La maldita Rada nos ha impedido disfrutar de un buen banquete en mucho tiempo. Gracias a tu numerito ese día nos descubrieron y desde entonces no han dejado de cazarnos. Ha sido toda una proeza reunirnos hoy; y no desperdiciaremos la oportunidad. Te haremos volver al buen camino; dejarás todas esas estúpidas ideas mojigatas y te unirás a nosotros. Te convertiremos en todo un caballero de la Fraternitate y nos ayudarás a combatir a la Rada. Bebe.

Me acercó la copa a los labios y yo cerré la boca y negué con la cabeza.

—¿Pero qué tenemos aquí? ¡Un hombre con voluntad!

Todos se rieron y me dirigieron miradas de desprecio. Jorge acercó la copa a mi nariz y el cálido olor a hierro subió hasta mi cerebro. Cerré los ojos e intenté pensar en otra cosa.

—¿Te gusta? —dijo él—. El olor dispara miles de sensaciones, ¿verdad? Y esto es sólo sangre de un gatito; imagina el olor suave y enloquecedor que tendría, digamos, la sangre de tu querida amiguita, la señorita Sara...

Un escalofrío recorrió mi espalda. Múltiples recuerdos; imágenes y sonidos venían a mi mente. La dulce voz de Sara, la sangre tibia que brotó de su cuello aquella noche, el cuero antiguo del diario de Esmeralda, las notas de Bach pulsadas sobre el teclado. Entonces alguien bajó corriendo las escaleras y dijo:

—Hay alguien afuera, buscan a Mihail.

Todos guardaron silencio y pude oír débilmente la voz de Sara y la inconfundible risa de Dylan.

—¡Miguel! Olvidaste tu chaqueta en nuestra casa, ¡ábrenos para que te la demos! ¡Y Sara te quiere decir algo!

—Tráiganlos —dijo Jorge—. Hoy tendremos un festín. ¡Sangre rumana para todos!

Dos hombre subieron y luego escuché un portazo y a Sara gritando. Me levanté y empujé a Jorge, pero el hombre calvo me detuvo antes de subir las escaleras. Forcejeamos y me derribó de un golpe en el suelo. Jorge se bebió toda la sangre de la copa y ordenó que todos se sirvieran un trago de Carboncito como aperitivo. Mientras Margarita les servía a todos, los dos hombres que habían subido hicieron bajar a Sara y a Dylan por la escalera a empujones.

—¡Mirad! — dijo Jorge—. La cena ha llegado. Sangre joven, fresca e inocente.

En los rostros de Sara y Dylan había una mezcla de sorpresa, terror y decepción.

—Miguel —dijo ella con tristeza—. ¿Qué está pasando? ¿Quiénes son ellos?

—Somos la verdadera familia del pequeño Mihail. Somos su raza; su gente. Los que de verdad lo comprendemos, porque somos como él. O más bien, él es igual a nosotros.

—No entiendo nada, ¿qué está pasando? —repuso Sara—.

—Dulce damisela —dijo Jorge, acercándose a ella y acariciando su mejilla. Ella lo apartó de inmediato y dijo:

—No me toques, anciano repugnante.

—¿Pero qué tenemos aquí? Una típica fiera rumana. ¿No es esto emocionante, amigos?

—Sara, esta gente son de una secta vampírica. No tengo nada que ver con ellos.

—Pequeño Mihail, ¿pero qué dices? ¿Una secta vampírica? Nos llamaron *strigoi* en otros tiempos, el terror de los pueblos, las sombras de la noche que devoraban almas con su sangre, los linajes oscuros que todo el mundo temía y a quienes sólo los reyes se atrevían a atacar en sangrientas cruzadas. ¿Una secta? ¡Por favor! Somos una hermandad universal, presente en todas partes y oculta a todos los ojos, pero fuerte como ninguna otra y dispuesta a retomar el lugar que nos merecemos en el mundo. Y nadie nos detendrá, ni siquiera la maldita Rada, aunque tengamos que luchar con ellos hasta la última gota de sangre.

—¿Una rana? —preguntó Dylan con curiosidad—.

—¿Qué dices, niño? —respondió Jorge—.

—La rana, ¿por qué una rana los quiere detener?

Mientras todos se reían, Jorge se puso en cuclillas y le dijo al pequeño:

—Es la Rada, amiguito. Una orden malévola que existe para exterminarnos de la faz de la tierra. Hace mucho mucho tiempo, un grupo de *strigoi* estúpidos decidieron que debíamos dejar nuestras costumbres milenarias y adaptarnos al mundo de los humanos; volvernos como ellos. Los que amamos a nuestra raza y nuestras tradiciones nos opusimos y ellos comenzaron a cazarnos como viles perros. Desde entonces estamos en guerra; ellos son los malos que buscan exterminar a nuestra especie, y nosotros los buenos que defendemos nuestro derecho a vivir de acuerdo a nuestra naturaleza.

—No tienen derecho a matar inocentes —dije, y me puse de pie—. Aunque nacimos así, no necesitamos la sangre para vivir, yo llevo mucho tiempo sin probar una gota y me encuentro perfectamente bien.

Jorge volteó a mirarme con el rostro ensombrecido.

—¿Que no necesitamos la sangre, dices? Margarita, acércate.

La mujer dio un paso adelante, y pude ver bajo la luz del bombillo su aspecto demacrado y casi cadavérico. Sus ojos se habían oscurecido, y sus labios estaban blancos como la cera. Sus brazos que en otro tiempo eran robustos ahora eran sólo huesos con piel colgante.

—Mírala —dijo Jorge—. Mira su piel, se ha agrietado. Sus ojos revelan todas las noches que ha pasado sin dormir. Su lengua está agotada de sed y sus dientes se caen poco a poco. ¿Y tú dices que no necesitamos la sangre? Por nuestra salud y vida, es más que obvio que la necesitamos. Ningún *strigoi* puede vivir sin ella, por más que tú y los asesinos de la Rada se empeñen en decir lo contrario. Y no pretendas que eres diferente a nosotros. No serías tan hipócrita para fingir que no estuviste allí cuando la señorita Sara iba a ser servida como plato fuerte aquella noche, ¿verdad?

Sara ahogó un grito y yo bajé la mirada. Hubo un profundo silencio.

—¿Qué? —dijo ella. ¿Tú estabas ahí Mihail? ¿Tú me secuestraste? ¡Es verdad! ¿Cómo pude ser tan tonta?

—No es así, Sara. Yo… si estuve ahí. Al principio no sabía…

—Por favor, muchacho —dijo Jorge—. No digas que no sabías a que ibas a ese lugar.

—Tal vez lo sabía —dije—. Pero, Sara, al verte ahí, al verte a los ojos… No pude hacerlo. No podía beber esa sangre, tu sangre…

—Miguel, ¿eres un vampiro? —preguntó Dylan, con la boca abierta—.

—Lo era, Dylan. Hasta que Sara me curó.

—Sara, ¿eres veterinaria de vampiros? ¿Por qué nunca me dijiste?

—Silencio, Dylan —sentenció ella—.

En ese momento se escuchó que alguien golpeaba con fuerza la puerta principal.

—Seguramente es papá —dijo Sara, llevándose la mano a la boca—.

—Vean quien es, y tráiganlo —dijo Jorge—.

Se escuchó cómo abrían la puerta y luego la inconfundible voz de la señora Lucy.

—No puede ser —dije en voz baja—.

Entonces hubo silencio. Luego se escucharon pasos dirigiéndose hacia la cocina.

—Carboncito, bebé, ¿estás ahí? Carboncito, ¿dónde te metiste? Miguelito, ¿estás en casa? Estoy buscando a Carboncito, ¿lo has visto?

—¿Qué sucede? —dijo Jorge—. ¿Por qué no la ha traído? Víctor, encárgate.

Sacó un arma de su chaqueta y se la lanzó al hombre calvo, quien subió inmediatamente. Un par de minutos escuchamos un disparo seco. Sara comenzó a llorar y abrazó a Dylan.

—Bueno, no perdamos más tiempo —retomó Jorge—. Que comience el festín.

Dos mujeres atraparon a Sara y dos hombres me empujaron contra la pared mientras se acomodaban un par de mesas en el centro. Jorge tomó a Dylan y acarició su cabello mientras los demás abrían un par de cofres llenos de cuchillos de distintos tamaños, tenazas y otros retorcidos instrumentos de tortura. Luego las mujeres acostaron a Sara en la mesa y cuando iban a comenzar a atarla con cadenas, logré zafarme y corrí a defenderla. Varios hombres se lanzaron sobre mí y me pusieron en el suelo, cuando entonces se escuchó el ruido de un bulto cayendo por las escaleras. Cuando llegó hasta abajo, una expresión de asombro se oyó en todo el sótano. Todos dieron un paso hacia atrás para alejarse del cadáver del hombre calvo, que tenía un disparo en la frente. Volvimos la mirada lentamente hacia las escaleras, de cuya cima una figura oscura bajaba en silencio. Pasó por encima del cadáver, y apuntó una pistola plateada y brillante al rostro de Jorge. Era la señora Lucy.

—Iorgu, querido, ¡cuánto tiempo sin verte!

—Lucía —contestó él, tragando saliva—. Mucho tiempo.

—Qué situación tan desafortunada para un reencuentro, ¿no crees?

—Desafortunada e inadecuada. Debo suponer que aún trabajas para el enemigo.

—Sí, siempre leal al Parlament. Siempre para defender las vidas inocentes de monstruos como tú.

—Tú también tienes sangre de monstruo, querida, por más que lo niegues.

—Tal vez es así, querido, pero yo he tenido el valor de luchar contra mi monstruo interior, mientras que tú lo dejas andar por las calles. Ahora, deja ir a estos jóvenes o pagarás por ello.

—¿Cuánto te paga la Rada, eh, dulzura? ¿Cuánto te dan por asesinar a gente de tu propia raza?

—No asesinamos a nadie; sólo nos encargamos de administrar justicia a los que roban vidas inocentes, como tú. A los demás les damos una oportunidad de enmendarse. Ese ha sido el objetivo del Parlament desde el principio. Ojalá lo hubieras entendido entonces, querido, te habrías ahorrado muchos problemas. No lo repetiré; déjalos ir o tu cerebro recibirá un huésped de plata.

—No has perdido tu delicadeza, ¿verdad, dulzura?

De forma casi imperceptible, Jorge metió su mano en el pantalón y justo cuando sacaba un arma, la señora le disparó en la mano y él cayó al suelo manchado de sangre.

—La edad te ha pasado factura, querido.

Luego ella sacó de su cuello un crucifijo de madera y todos se apartaron inmediatamente emitiendo gruñidos y cubriéndose el rostro. La señora nos hizo señal de salir y corrimos hacia arriba, mientras ella caminaba hacia atrás blandiendo el crucifijo. Cuando estuvimos todos arriba, cerró las puertas del sótano y dijo:

—Necesitamos Bach ahora. Algo muy suave. Yo los detendré aquí y llamaré a mis amigos. Ustedes pongan la música y esperaremos a que los refuerzos

lleguen.

—¿Refuerzos? ¿Qué refuerzos? —pregunté—.

—El Parlament, Miguel. Las fuerzas del Parlament

vendrán por ellos.

—¿Y qué harán con ellos?

—Lo que hacemos con todos; juzgaremos a los

criminales y a los otros les daremos una oportunidad

de rehabilitarse. Niña, toquen algo de Bach, muy

suave y lento. No paren hasta que yo les diga.

Sara y Dylan corrieron hacia la sala y ella comenzó a

tocar el Largo del concierto en Fa menor. La señora y

yo nos quedamos deteniendo la puerta con toda

nuestra fuerza, mientras desde dentro la empujaban con gritos y patadas. Ella hizo una llamada,

—No tienes ningún crucifijo en esta casa, ¿verdad, Miguel? —me cuestionó ella—.

—No, señora. Pero no sería muy lógico que tuviera uno, ¿no cree?

—Desde ahora necesitarás uno en cada habitación.

—Por Dios, no podremos aguantar mucho.

—La música los calmará, más bien, los hará caer en un letargo.

—¿Cómo supo que yo… que yo era uno de ellos?

—Por tu apellido. Sólo había un linaje Stefanu cuando viví en Rumania. Y porque te vi lamer la sangre de Carboncito en la cocina.

—¿Quiere decir que me espía?

—Sólo fue esa noche, tranquilo. Si no hubiera sido así no te habría salvado el pellejo hoy. ¿Notas cómo empujan con menos fuerza? Bach es mágico. En unos minutos estarán dormidos.

Poco después dejamos de escuchar ruido adentro y nos retiramos de la puerta. Por la ventana vi estacionarse un par de furgonetas negras con sirenas azules. Unos quince hombres armados y vestidos con uniforme azul oscuro bajaron y entraron a la casa. Se cuadraron al ver a la señora Lucy y a su orden abrieron el sótano y comenzaron a sacar a todos de ahí. Mientras tanto, Sara dejó a Dylan en el piano tocando algo más simple y se paró junto a mí. Cuando los hombres terminaron de subir a todos a las furgonetas, un par de ellos se acercaron a la señora Lucy y le dijeron algo en voz baja. Ella se acercó a mí y dijo:

—Si quieres decirle algo a Jorge, éste es el momento. No volverás a verlo nunca.

Dos uniformados sacaron al viejo hombre casi a rastras del sótano y lo llevaron a la puerta principal.

—Me voy —dijo—. No volverás a verme, pequeño Mihail, pero no quedarás ileso.

Luego, como un relámpago, extendió sus dos enormes alas negras y voló hacia la sala, dónde tomó en sus manos a Dylan y salió hacia el patio. Los hombres le dispararon, pero él logró escapar. Corrí tras de él y justo cuando estaba a punto de emprender el vuelo para huir, dije:

—¡Tómame a mí! Toma mi sangre y vive. Él no tiene nada que ver.

Dylan lloraba atrapado entre sus garras. Jorge tenía los ojos negros, y su voz se había engrosado.

—¿Qué sucede aquí? ¿Quieres morir para que el niño viva? Parece que tu corazón no es de piedra, pequeño Mihail.

Extendió su dedo índice y su uña se convirtió en una aguda garra negra, que acercó delicadamente al cuello de Dylan.

—Cualquier cosa que le suceda a este pequeñín te causará un dolor inconmensurable, ¿verdad?

Encajó la uña en el cuello de Dylan.

—¡Basta! —grité, y sentí una descarga de adrenalina en el cuerpo—.

—¿Qué sucede? ¿Te molesta si hago esto?

Deslizó la uña por el cuello del chico, haciendo que una pequeña gota de sangre brotara. Él la recogió con el dedo y se la llevó a los labios.

—Delicioso. Sangre pura de un alma pura.

—¡Déjalo ir! ¡Toma mi sangre! ¡Es mucho más valiosa que la de cualquier humano!

Un intenso calor recorría mi cuerpo. Sentí algo extraño en los dientes; me llevé la mano a la boca y sentí como mis caninos crecían a cada segundo.

—¡No! ¡Suéltalo! —gritó Sara detrás de mí, y los hombres le apuntaron a Jorge, que se movía de aquí para allá evitando que pudieran dar un tiro certero—.

Encajó una vez más la uña debajo de la barbilla de Dylan y en ese momento sentí un calor muy fuerte en la espalda, hasta que escuché como la tela de mi camisa se rompía.

—¡Déjalo ir! —grité, y me lancé contra él de un salto—.

Al caer sobre él, soltó a Dylan y peleamos cuerpo a cuerpo sobre el césped. Entonces me di cuenta de que yo también extendía un par de alas enormes y que mi fuerza era mucho mayor de lo normal. Lo golpeé en el rostro repetidas veces; él se escabulló como pudo y levantó el vuelo, pero lo alcancé y lo hice bajar otra vez. Sara y Dylan gritaban, y los hombres armados dispararon varias veces. De pronto Jorge sacó un cuchillo debajo de su chaqueta y lo encajó en mi cuello. Caí al suelo, mientras sentía la sangre tibia brotando de mi piel. Él tomó un poco en su mano y la bebió. La tragó cómo si se tratara de un ácido, soltando gemidos dolorosos.

—Al fin. Lo he hecho. Ahora entiendo por qué estaba prohibido. Pero la sangre de otro *strigoi* me hará invencible… para siempre.

Entonces una lluvia de balas de plata cayó sobre él. Lo derribó al suelo unos momentos, pero luego se levantó como si nada hubiera pasado y se dirigió hacia Dylan y Sara. La señora Lucy se puso en frente de él y le apuntó con un arma a la cabeza. Él se limpió la sangre de la boca y la puso delicadamente sobre los labios de ella, que comenzó a temblar al sentirla.

—Querida, ¿recuerdas ese sabor? Esa tibia sensación, esa suavidad que enloquece la mente...

Ella se lamió los labios y cerró los ojos. Jorge puso sus dos manos sobre el arma y la hizo bajarla.

—Dulzura, no tenemos por qué pelear. Ven conmigo, y te mostraré los deleites de la vida real que tú y yo merecemos llevar.

—Querido, pero, ¿seremos felices?

—Oh, sí, lo seremos. Muchísimo. Sólo tú y yo. Nada de Fraternitate ni Parlament. Tú y yo, solos, hasta el fin del mundo.

Ella levantó su mano y acarició su mejilla.

—Querido, siempre fue mi sueño pasar toda mi vida contigo. No tienes idea cuántas veces imaginé cómo habría sido nuestra vida juntos.

—Ahora nuestro sueño se hará realidad, dulzura.

—Sí, amor mío.

Ella lo besó y después le hundió una bala en el cráneo. El cuerpo cayó sobre el césped. Sara cubrió el rostro de Dylan, y la señora Lucy escupió en la cara de Jorge. Un par de hombres corrieron para socorrerme y mientras me detenían la hemorragia, la señora dijo:

—Entren a la casa. Volverá a despertar.

Apenas hubo dicho eso, Jorge se levantó otra vez del suelo y la derribó con una fuerza exorbitante. Apretó su cuello entre sus escuálidas manos y dijo con una voz terrorífica:

—¿Creíste que sería tan fácil como eso? ¿En serio creíste que te podrías deshacer de mí así como así?

Una ráfaga de disparos cayó sobre él, pero no tuvo ningún efecto.

—¿No entiendes que no puedes huir de mí? ¿No ves que todo este tiempo mi recuerdo te ha perseguido y por eso me persigues a donde quiera que vaya?

—Yo no te persigo —dijo ella con mucha dificultad—. Persigo al monstruo en que te has convertido.

—¿Monstruo? ¡¿Monstruo?! ¡Monstruos son quienes incendiaban nuestras casas y quemaban a nuestras familias! ¡Monstruos quienes le arrancaban los caninos a nuestros niños y los obligaban llevar crucifijos sobre el pecho! ¡Monstruos los que amarraban a los hombres a las estacas y los plantaban en el campo abierto hasta que las aves los devoraban! ¡Esos eran monstruos!

Ella asintió con la cabeza; su piel se había vuelto morada.

—Pero…— dijo con voz muy débil—. Podemos ser mejores que eso. Podemos dejar de matarlos por su sangre y ellos dejarán de cazarnos.

Él pareció reflexionar un momento y soltó su cuello.

—Pero… ¿qué te asegura que lo harán?

—Nada —respondió ella, tomando aire—. Pero míralos a ellos. Son personas normales y aman a Mihail; él es su amigo, aunque sean diferentes. Y él los ama. ¿Eso no te dice algo?

En ese momento una música suave comenzó a escucharse, primero muy bajo y después cada vez más fuerte. Las notas apacibles llenaron el ambiente, y Jorge cayó al suelo retorciéndose y gritando.

—Papá me está llamando —dijo Dylan.

—¡No contestes! —exclamó la señora Lucy, poniéndose de pie—.

Los hombres apresaron inmediatamente a Jorge y lo ataron con gruesos grillos de pies y manos. Le inyectaron algo en un brazo y quedó dormido de repente. La señora se acercó a mí y dijo que me llevarían a un hospital lo más rápido posible.

—¿Qué obra de Bach es? —alcancé a decir, mientras me levantaban del césped frío—.

—Jesús, alegría de los hombres —respondió Sara—.

—Y de los *strigoi* —agregué antes de perder el conocimiento—.

Redención

Pasé la página y cerré el cuaderno. Había llegado hasta poco antes del final, pero eso fue suficiente. Fue suficiente para darme cuenta de que Esmeralda me había olvidado. No lo había hecho voluntariamente, pero lo había hecho, a fin de cuentas. De acuerdo a sus propias palabras, después de haber sobrevivido al naufragio del Titanic, perdió la memoria temporalmente, probablemente a causa del impacto emocional que esa horrible experiencia le supuso. Todos sus recuerdos se habían difuminado y tan sólo recordaba su nombre y que viajaba con sus padres de Rumania a los Estados Unidos. Todo lo demás se había perdido en una mezcla de ideas e imágenes poco claras que se confundían entre sí y que le causaban gran frustración, pues no podía diferenciar qué cosa había sido real o no. Así, ella olvidó quién era yo, y por supuesto, la promesa que había hecho de regresar. Con el paso de los años se dio cuenta que algunos recuerdos vagos volvían con un poco más de claridad y decidió comenzar un diario donde registraría todo lo que lograba recordar de su vida antes de la tragedia del Titanic. El proceso, como leí a través de innumerables páginas, fue lento. A los 40 años recordó al fin que alguna vez tuvo un amor de juventud mientras aún vivía en Rumania. Recordó el día en que nos vimos por primera vez en las calles del pueblo; para mi sorpresa me describió como un hombre misterioso y un poco aterrador. Escribió que desde ese día procuró saber de mí, y descubrió que pertenecía al linaje de los Stefanu, lo que le acarreó problemas con su padre, que miraba con recelo a nuestra familia dadas ciertas circunstancias que nos conectaban con los desafortunados conflictos en los que los *strigoi* se vieron involucrados a mediados del siglo XIX. Ella no creía nada de eso al principio; pensaba que sólo se trataba de leyendas de pueblo, y

sentía cada vez más afecto por mí. Pero luego —
escribió— en una ocasión que salimos a tomar un café
en la villa, observó casualmente como miraba yo su
cuello cuando ella estaba distraída y eso la movió a
pensar en que tal vez las leyendas de su padre no
eran del todo falsas. Pero el día en que confirmó
plenamente que yo no era un ser humano como los
demás fue aquél en que la despedí en la estación de
trenes. Al notar mi inquietud cuando la sangre brotó
de su labio después de besarla, y ver cómo mis
caninos crecían de forma casi imperceptible mientras
buscaba un pañuelo para dárselo, se dio cuenta de
quién era yo realmente. Sin embargo, eso no cambió
en nada lo que ella sentía por mí. Y por eso sus
palabras fueron: "Lo sé todo". Recordar todo esto le
llevó mucho tiempo, y fue de manera gradual.
Aunque lo intentó con todas sus fuerzas, no pudo
recordar mi nombre, y sólo se refería a mí en su diario
como el "joven Stefanu". Esta circunstancia me

pareció por demás extraña. No fue sino hasta el día en que nació su primera bisnieta, una hermosa niña de ojos verdes como los suyos, en que al fin pudo recordar mi nombre. Ese día escribió en su diario:

"Hoy tengo dos grandes alegrías. Mi primera bisnieta ha nacido; le han puesto por nombre Sara. Tiene dos enormes ojos verdes, como los míos, y es idéntica a mí cuando era pequeña. Su sonrisa es la de un ángel; todos la amamos apenas un instante después de verla. Cuando la tomé en mis brazos, tuve una extraña sensación, como si recordara algo muy importante. En mi mente aparecieron los recuerdos de mi juventud en Rumania; especialmente aquellos que atesoro en el alma; los del joven Stefanu. He recordado que su nombre era Mihail. Mihail Stefanu, un *strigoi* de carne y hueso que me amaba, y yo lo amaba a él. Han pasado muchos años desde la última vez que lo vi. Ahora tengo casi noventa años, y él aún debe verse igual de joven. Mi padre decía que los *strigoi* podían vivir más de trescientos años, algunos hasta quinientos. Ahora que recuerdo su nombre, sólo puedo encomendarlo a Dios en mis oraciones y esperar a que sea muy feliz. Y así será, seguramente."

No quise continuar leyendo más. La Esmeralda de esas páginas era una que yo nunca conocí, una mujer diferente, que aunque guardaba recuerdos del pasado, había vivido una vida sin mí y muy lejos de mí. Me puse de pie y me disponía a entrar a la casa, cuando la señora Lucy apareció tras la cerca. Tenía en las manos una caja de cartón con una etiqueta azul.

—Miguelito, ¿estás muy ocupado?

—No, pase señora.

—No te quitaré mucho tiempo. Sólo necesito informarte de algunas cosas.

—¿Qué es?

—¿Podemos pasar a la sala, para explicártelo con calma?

—Por supuesto.

Una vez adentro, y después de que le serví un vaso de jugo, dijo:

—El Parlament terminó de sesionar ayer. Por supuesto, el proceso fue largo, ya que no sólo se juzgó a Jorge sino a varios de sus esbirros. Debes saber que fue condenado a la pena capital. Hace más de cuatro meses que perdió la inmortalidad que le proporcionó tu sangre y será ejecutado en un par de semanas.

Permanecí en silencio.

—Sé que es extraño. Él parecía un hombre tan normal, ¿no es así? Pero la verdad es que llevaba más de tres siglos asesinando inocentes, tanto humanos como *strigoi*. Cuando vino a vivir a México, creímos que cambiaría, que se recluiría y dejaría de hacer daño a otros, pero no fue así. Haremos justicia por todas esas personas.

—¿Él tenía familia? —pregunté—.

—No, bueno, tuvo una, hace mucho tiempo. Pero murieron a finales del siglo XVI, cuando él aún era muy pequeño.

—¿Por qué murieron?

—Fueron asesinados por una turba. Ellos vivían en una pequeña villa en Transilvania y con mucho esfuerzo habían logrado camuflarse entre la población local; vivían como personas normales, hasta que un día alguien descubrió al pequeño Iorgu descabezando a un ave y bebiendo su sangre. Esa misma noche una multitud rodeó la casa y sacaron a todos. El pequeño Iorgu fue ocultado por sus padres en el sótano y pudo sobrevivir. Todos los demás fueron quemados vivos. Desde entonces él cultivó un profundo rencor contra los humanos, y dedicó su vida a arruinar otras vidas.

—Eso explica muchas cosas.

—Sí, sin duda. Yo lo conocía bien; e incluso llegué a amarlo. Tú no lo sabes, pero estuvimos a poco de casarnos una vez, cuando éramos muy jóvenes. Sin embargo, me di cuenta de que el rencor que cargaba jamás le permitiría ser feliz. Cuando la comunidad *strigoi* se dividió en 1805 después de la Asamblea de Copenhague, él y yo nos separamos. Supe después que se había unido a las filas de la Fraternitate y era reconocido como un cruel asesino. Yo juré lealtad al Parlament varias décadas después y desde entonces trabajo por hacer un mundo mejor. Y aquí estamos, Mihail, todavía luchando por ello. Me alegra que a estas alturas las cosas han mejorado mucho, pero aún quedan muchas almas *strigoi* que rescatar de la oscuridad.

—¿El Parlament ha discutido alguna vez la posibilidad de que humanos y *strigoi* puedan… es decir… que ellos puedan, podamos…?

Ella sonrió y dijo:

—Sí pueden. Y me alegra mucho que quieran; esa joven es muy dulce y sería muy afortunada de tenerte, Mihail.

—Espero ser digno de ella.

—Lo eres, muchacho, sólo tienes que vencer el miedo. Una vez que lo hagas, podrás disfrutar de todo lo que ya tienes. Y, ahora, te haré entrega de tu presente.

Me pidió unas tijeras y abrió la caja con mucho cuidado. Adentro había otra caja de metal, oscura y con una combinación. Ella ingresó los números correctos y la abrió. Sobre el terciopelo azul, había un crucifijo de plata pulida. Medía unos 25 centímetros y en el centro de la cruz había un círculo con cuatro grandes letras.

—¿Qué significan estas letras? —pregunté.

—Son las siglas de *Redemptionem misit populo suo*, "Redención ha enviado a su pueblo". Es el lema del Parlament. Llevaremos redención a todos los *strigoii* del mundo, les daremos una oportunidad de tener una vida nueva, y así lograremos que llegue la anhelada paz.

—Recuerdo haber visto estas siglas muchas veces en el centro *Viata noua*; ahora entiendo por qué.

—El Parlament te envió este crucifijo como una muestra de gratitud por ayudarnos a detener a Iorgu y a desmantelar su banda. Sólo envían uno cada año; a algún *strigoi* o persona que haya colaborado de forma destacada para avanzar la causa. Debes saber que es un gran honor. El Gran Secretario de Armas en persona me pidió que te agradeciera y que te hiciera saber que te ofrecen un puesto en las Fuerzas. Quieren que ayudes como agente para descubrir y desmantelar otros grupos de la Fraternitate aquí. La verdad es que no son pocos en este país y el Secretario cree que puedes ser de gran ayuda.

—Yo… estoy sorprendido. Vaya, me siento muy honrado; imagino lo especial que es este premio. Hasta hace unos minutos no habría pensado que el Parlament sabría de mí. Le agradezco mucho esto, señora.

—Llámame tía Lucy. Ahora que sabemos que somos familia, dejemos las formalidades.

—Está bien, me parece una gran idea. Sobre lo que me proponen, no estoy seguro de tener las capacidades para hacerlo. Desconozco mucho de lo que pasa en esta guerra; creo que sólo he tenido suerte.

—Piénsalo, ¿sí? Después podrás darme una respuesta.

En ese momento se escuchó el timbre varias veces. Alguien golpeaba la puerta con insistencia. Me levanté para abrir y la tía dijo:

—Sólo que necesitarás aprender a tocar a Bach como requisito inicial.

Abrí la puerta y Dylan y Sara aparecieron con una gran sonrisa.

—¡Mihail! —dijo el pequeño y me abrazó—.

—Afortunadamente tengo dos maestros —respondí—.

Fin del primer libro.